AUX PARENTS

Lisez tout haut avec votre enfant

Des recherches ont révélé que la lecture a voix haute est le meilleur soutien que les parents puissent apporter à l'enfant qui apprend à lire.

- Lisez avec dynamisme. Plus vous êtes enthousiaste, plus votre enfant aimera le livre.
- Lisez en suivant avec votre doigt sous la ligne, pour montrer que c'est le texte qui raconte l'histoire.
- Donnez à l'enfant tout le temps voulu pour examiner de près les illustrations; encouragez-le à remarquer des détails dans les illustrations.
- Invitez votre enfant à dire avec vous les phrases qui se répètent dans le texte.
- Établissez un lien entre des événements du livre et des événements semblables de la vie quotidienne.
- Si votre enfant pose une question, interrompez votre lecture et répondez-lui. Le livre peut être une façon d'en savoir davantage sur ce que pense votre enfant.

Écoutez votre enfant lire tout haut

Pour que votre enfant poursuive ses efforts dans l'apprentissage de la lecture, il est indispensable de lui montrer que vous le soutenez, en lui accordant votre attention et vos encouragements.

- Si votre enfant apprend à lire et demande comment se prononce un mot, répondez-lui immédiatement pour ne pas interrompre le fil de l'histoire. NE DEMANDEZ PAS à votre enfant de répéter le mot après vous.
- Par ailleurs, si votre enfant le répète de lui-même, ne l'empêchez pas de le faire.
- Si votre enfant lit à voix haute et remplace un mot par un autre, écoutez bien pour surveiller si le sens est le même. Par exemple, s'il dit «chemin» plutôt que «route», l'enfant a conservé la bonne signification. N'interrompez pas sa lecture pour le corriger.
- Si la substitution ne respecte pas le sens (par exemple, si l'enfant dit «noire» au lieu de «poire»), demandez à l'enfant de lire la phrase de nouveau parce que vous n'êtes pas sûr d'avoir bien compris ce qu'il a lu.
- L'important, c'est d'avoir autant de plaisir que l'enfant à le voir maîtriser de plus en plus le texte et, surtout, de l'encourager encore et encore. Vous êtes le premier professeur de votre enfant — et celui qui a le plus d'importance. Vos encouragements sont ce qui déterminera si l'enfant voudra prendre des risques et aller plus loin dans l'apprentissage de la lecture.

— Priscilla Lynch, Ph D.
Conseillère en pédagogie,
New York University

Pour Barbara, évidemment,
et pour Emilie aussi.
— S.B.

Données de catalogage avant publication (Canada)
Brownrigg, Sheri
Tous les tutus doivent être roses!
Traduction de : All Tutus should be pink.
ISBN 0-590-74535-2
I. Johnson, Meredith. II. Titre.
PZ23.B76To 1992   j813'54   C92-09493-0

ISBN 0-590-74535-2

Titre original : All Tutus Should be Pink

Édition publiée par Scholastic Canada Ltd.,
123, Newkirk Road, Richmond Hill (Ontario) L4C 3G5

TOUS LES TUTUS doivent être *roses!*

Texte de Sheri Brownrigg
Illustrations de Meredith Johnson

Texte français de Lucie Duchesne

Je peux lire! — Niveau 2

Scholastic Canada Ltd.
123, Newkirk Road, Richmond Hill (Ontario) Canada

J'adore mon nouveau tutu.

Il est rose.

J'ai un autre tutu rose,
mais il est trop petit pour moi.

C'est ma chienne Honorine
qui le porte, maintenant.

Émilie a un tutu rose, elle aussi.

Elle est ma meilleure amie.

Nous portons nos tutus partout.

À l'épicerie.

Au cinéma.

Même à la plage.

Mais nous portons surtout
des tutus parce que nous
faisons du ballet.

Nous aimons beaucoup
notre professeure de ballet,
madame Yvonne.

Elle était une ballerine
célèbre en tutu rose.

Nous le savons parce que
nous avons vu ses photos
dans la salle de cours.

Nous aussi, nous voulons
devenir des ballerines
célèbres en tutu rose.

Mais je pense que,
même si nous
conduisons des camions,
nous porterons nos tutus.

Le ballet, ça a l'air amusant,
mais c'est difficile.

Parfois, c'est tellement difficile
qu'Émilie pense qu'elle va s'évanouir.
Et nous avons envie d'abandonner.

Puis nous nous regardons
dans le miroir et nous nous
trouvons très jolies!

Alors, nous continuons à danser.

À chacun de nos mouvements,
nos tutus font un son magique *FOUCH!*

Des fois, nous bougeons un peu plus
pour faire plus de *FOUCH!*

Les autres élèves portent
leur tutu seulement
sur la scène.

Pour Émilie et moi,
tout devient une scène.

Après le cours de danse,
nous sommes affamées!

Il nous faut une crème glacée.
Aux fraises, bien sûr!

Si nous tachons nos tutus,
ce n'est pas grave.

La crème glacée est rose comme nos tutus!

Voilà pourquoi tous les tutus
doivent être roses.
J'adore mon nouveau tutu!